KB103393

너에게 가려고 강을 만들었다

너에게 가려고 강을 만들었다

안 도 현 시 집

창비

차 례

제3부

제1부

간격

숲을 멀리서 바라보고 있을 때는 몰랐다
나무와 나무가 모여
어깨와 어깨를 대고
숲을 이루는 줄 알았다
나무와 나무 사이
넓거나 좁은 간격이 있다는 걸
생각하지 못했다
벌어질 대로 최대한 벌어진,
한데 붙으면 도저히 안되는,
기어이 떨어져 서 있어야 하는,
나무와 나무 사이
그 간격과 간격이 모여
울울창창(鬱鬱蒼蒼) 숲을 이룬다는 것을
산불이 휩쓸고 지나간
숲에 들어가보고서야 알았다

이끼

사랑에 빠지면 눈이 멀거나
눈이 환하게 밝아진다고 했거니와

이끼가 알고 있는 건
그늘이 허공의 전부라는 것

그늘은 그래서 자기 몸을 덮을 수 있는 데까지
다른 몸에다 덮어보았던 것이고
몇백 번이고 몇천 번이고 덮어보았던 것이고

그러니 사랑에 눈먼, 환한 저 이끼를
그늘의 육체라고 부르면 안되겠나

봄날은 간다

늙은 도둑놈처럼 시커멓게 생긴
보리밭가에서 떠나지 않고 서 있는 살구나무에
꽃잎들이 늘어나고 있었다
자고 나면 살구나무 가지마다 다닥다닥
누가 꽃잎을 갖다 붙이는 것 같았다

그렇게 쓸데없는 일을 하는 그가 누구인지
꽃잎을 자꾸자꾸 이어붙여 어쩌겠다는 것인지
나는 매일 살구나무 가까이 다가갔으나
꽃잎과 꽃잎 사이 아무도 모르게
봄날이 가고 있었다
나는 호드득 지는 살구꽃을 손으로 받아들다가
또 입으로 받아먹다가 집으로 돌아가곤 하였는데

어느날 들판 한가운데
살구나무에다 돛을 만들어 달고 떠나려는
한 척의 커다란 범선(帆船)을 보았다

살구꽃을 피우던 그가 거기 타고 있을 것 같았다
멀리까지 보리밭이 파도로 넘실거리고 있었다

어서 가서 저 배를 밀어주어야 하나
저 배 위에 나도 훌쩍 몸을 실어야 하나
살구꽃이 땅에 흰 보자기를 다 펼쳐놓을 때까지
나는 떠나가는 배를 바라보고 있었다

염소의 저녁

할머니가 말뚝에 매어놓은 염소를 모시러 간다
햇빛이 염소 꼬랑지에 매달려
짧아지는 저녁,
제 뿔로 하루종일 들이받아서
하늘이 붉게 멍든 거라고
염소는 앞다리에 한번 더 힘을 준다
그러자 등 굽은 할머니 아랫배 쪽에
어둠의 주름이 깊어진다
할머니가 잡고 있는 따뜻한 줄이 식기 전에
뿔 없는 할머니를 모시고 어서 집으로 가야겠다고
염소는 생각한다

적막

풀숲에 호박이 눌러앉아 살다 간 자리같이
그 자리에 둥그렇게 모여든 물기같이
거기에다 제 얼굴을 가만히 대보는 낮달과도 같이

여치소리를 듣는다는 것

내 손이 닿지 않는 곳에서 떨어져 앉아 우는 여치

여치소리를 듣는다는 것은
여치소리가 내 귀에 와닿기까지의 거리를 생각하는 것
그 사이에 꽉 찬 고요 속에다 실금을 그어놓고
끊어지지 않도록 붙잡고 있는 것
밤낮으로 누가 건너오고 건너가는가 지켜보는 것
외롭다든지 사랑한다든지 입밖에 꺼내지 않고
나는 여치한테 귀를 맡겨두고
여치는 나한테 귀를 맡겨두는 것

여치소리를 듣는다는 것은
오도카니 무릎을 모으고 앉아
여치의 젖은 무릎을 생각한다는 것

토란잎

빗방울,
토란잎의 귀고리

이것저것 자꾸
큰 것도 작은 것도 달아보지만
혼자 다 갖지는 않는
참으로
단순하게,
단순하게도 사는 토란잎

빗소리만큼만 살고
빗소리만큼만 사랑하는 게다
사랑하기 때문에 끝내
차지할 수 없는 게 있다는 거다

귀고리,
없으면 그냥 산다는
토란잎

툇마루가 되는 일

혼자 방에 엎드렸다가 누웠다가 벽에 좀 기대어 있어
봐도
시는 안되고,
여자든 술이든 어쨌든 귀찮다는 생각만 나는 오후,
나는 툇마루로 나갔다

나는 맨발이었고,
마루를 밟는 발바닥이 따뜻했다
아버지가 군불 때고 들어와 내 어린 발을 잡아주시던
그 옛날 같았다

그러다가 문득 아득해져서, 나 혼자밖에 아낄 줄 모르
는 나도
툇마루가 될 수 있나,
생각했다

툇마루가 되어서

누구에게 밤하늘의 별이 몇 됫박이나 되는지 누워 헤
아려보게 하나,
언제쯤이나 가지런히 썰어놓은 애호박이 오그라들며
말라가는 냄새를 받쳐들고 있게 되나,
자꾸 생각하게 되었다

때로는 빗물이 홀쩍이며 콧물을 찍어바르고 가고
때로는 눈발이 비칠거리며 찾아와 흰 페인트칠을 해놓
고 가고
때로는 햇볕이 턱하니 한나절 동안 걸터앉았다가 가는
툇마루가 되나,
나는, 하면서
자꾸자꾸 생각하다보니

그게
뭔가 될 것도 같았다
그렇지만 아직도 잘 모르겠다

때죽나무꽃 지는 날

뻐꾸기가
때죽나무 위에서
때죽나무 꽃잎을 부리로
따서 뱉으며 우나?
뻐꾸기 울음소리만큼 꼭 그만큼
꽃잎은 떨어지네

저 흰 꽃,
떨어지면서 그냥 허공에다
서슴없이 수직, 백묵 선을 그리네

꽃이 꽃자리 버리고 떨어지듯이
지는 꽃은 땅에다 버리고,
저, 저, 허공을 긋는 꽃잎의 행적만
모아두었다가

(나는, 국수를 말아먹어도 좋겠다, 생각하네)

겨울 운장산 기슭에다
눈발은 아마
치렁치렁 국수 다발을 내다 걸겠지만……

때죽나무꽃 지는 날
때죽나무 위에서
뻐꾸기 우는 그 소리,
꼭 그만큼만 알맞게 썰어서
내 눈 속에 모아두었다가

전전긍긍

소쩍새는 저녁이 되면
제 울음소리를 산 아래 마을까지 내려보내준다
방문을 닫아두어도 문틈으로 울음을 얇게, 얇게 저미
어서 들이밀어준다
머리맡에 쌓아두니 간곡한 울음의 시집이 백 권이다

고맙기는 한데 나는 그에게 보내줄 게 변변찮다
내 근심 천 근은 너무 무거워 산속으로 옮길 수 없고
내 가진 시간의 밧줄은 턱없이 짧아서 그에게 닿지 못
할 것이다

생각건대 그의 몸속에는
고독을 펌프질하는 또다른 소쩍새 한마리가 울고 있을
것 같고
그리고 그 소쩍새의 몸속에 역시 또 한마리의 다른 소
쩍새가 살고 있을 것도 같아서

나는 가난한 시 한편을 붙들고 밤새 엎드려

　한 줄 썼다가 두 줄 지우고 두 줄 지웠다가 다시 한 줄

쓰고 지우고 전전긍긍할 도리밖에 없다

도끼

도끼 한자루를 샀다
눈썹이 잘생긴 놈이다

이 놈을 마루 밑에 밀어 넣어두고 누웠더니 잠이 오지
않았다
　나도 드디어 도끼를 가졌노라,
　세상을 명쾌하게 두 쪽으로 가를 수 있는 날이 오리라,
　살아가다 내 정수리에 번갯불 같은 도끼날이 내려온다
해도 이제는 피하지 않으리라, 생각하니
　내 눈썹이 아프도록 행복하였다

　장작을 패보겠다고
　이튿날 새벽, 잠을 깨자마자 도끼를 찾았다
　나무의 중심을 향해 내리치면 나무는 장작이 되고 장
작은 불꽃이 되고 불꽃은 혀가 되고 혀는 뜨거움이 되고
뜨거움은 애욕이 되고 애욕은 고독이 되고
　그리하여 고독하게 나는 장작을 패다가 가리라 싶었다

도끼를 다룰 줄 모르는 나는 서두르지 않았다
옛적 아버지처럼 손바닥에 침을 한입 뱉고
균형을 잃지 않으려고 양발을 벌린 다음
호흡을 천천히 가다듬고
조심스럽게 도끼를 치켜들고는
(허공으로 치켜올려진 도끼는 구름의 안부와 별들의
소풍 날짜를 잠깐 물어보았을 것이었다)
있는 힘을 다해 고요한 세상의 한가운데로
도끼를 힘껏 내리쳤다

그러나 내 도끼는
나무의 중심을 가르지 못하였다
장작을 패는 일이 빈번히 빗나가는 사랑하는 일과 같
아서
독기 없는 도끼는 나처럼 비틀거렸다

덜컹거리는 사과나무

사과나무에서 사과 꼭지를 따는 소리
가위로 탯줄을 자르는 소리
으앙, 하고 사과가 허공을 떼밀어내는 소리
처녀들이 사과를 받아서 두 손으로 닦은 뒤에
차곡차곡 궤짝에 담는다 사과가
코를 막고 한알씩 눈을 감았기 때문에
궤짝 속이 어두워진다
궤짝 바깥에는
둥근 잇몸 자국을 찍으며 처녀들이
사과를 한입 베어 무는 소리
사각사각 달이 환하게 뜨는 소리
그때 과수원으로 트럭이 오면
사과나무는 덜컹거리기 시작한다
트럭 짐칸으로 사과 궤짝들이 서둘러 뛰어오르고
그 맨 꼭대기에 달도 둥실, 걸터앉는다
사과나무는 양팔을 늘어뜨리고
괜찮지? 괜찮지? 하면서

또다른 사과나무의 옆구리를 찔러본다
그러나 사과나무는 사과나무끼리
손끝이 닿지 않는다
트럭이 시동을 걸고 멀리 떠나기 전에
사과나무가 먼저 덜컹거린다

눈보라

눈보라는 떼쓰며 엉겨붙듯이 미닫이 유리문을 두드리
고 있었네
　시장 골목 선술집만 찾아다니며 문을 두드리는 저 눈
보라가
　한때 가객이었을지 모른다고 나는 생각했네
　그렇지 않다면 저렇게 거침없이 몰아치다가 한순간에
멎을 수는 없는 것
　가끔은 비명이었다가 침묵이었다가 때론 슬픔이기도
했을 그의 노래는
　태산준령을 타고 넘어왔는지도 몰랐네
　구들장 뜨뜻한 어느 사랑방의 이부자리였는지도

　허나 어물전 비린 좌판 위에도 앉지 못하고
　술 한잔, 술 한잔만 마시고 가겠다 하네
　술집 난로 위에는 순댓국이 끓어 넘치고 먼저 온 사내
하나 늙은 주모의 치마 속으로 손을 넣는데
　주모는 눈도 뜨지 않고 젓가락 두드리며 시키지도 않

은 노래를 부르는데

　겨울밤은 금계랍처럼 쓰고 차가워 입은 떨어지지 않네, 저 가객

　이제 어디 가서 백 곡의 노래를 부르며 누구하고 백 잔의 술을 마실는지

　간유리에 붙어 술집 안을 들여다보는 눈보라의 눈알들

곰장어 굽는 저녁

수족관 속 곰장어는 슬퍼서 몸이 길구나
물속을 얼마나 후려치며 싸돌아다녔기에
이렇게 길쭉해졌다는 말이냐
일생(一生)이란, 대가리부터 꼬리까지
그 길이 몇 뼘 늘리는 일이었구나

그러나 생(生)을 벗기는 일 또한
가만히 보니 오래 걸리지 않는다
물살이 온몸을 훑으며 지나가듯
껍질은 단숨에 벗겨진다

평생 몸에 두르고 살던 껍질은 거추장스러웠으나
껍질 벗긴 다음에 드러난 알몸은 외려
부끄러운 것, 그리하여 퍼덕퍼덕 몸을 떨다가
곰장어는 자신을 선선히 도마 위에 눕혔을 것이다

간장과 고추장을 몸에 바르고 지금

곰장어는 숯불 위에 올린 석쇠에 누워 있다
더는 꼬리로 바다를 후려칠 필요가 없고
다시는 뜨거운 불 위를 헤엄쳐 갈 일 없는 몸이
발긋발긋 익어가고 있다

하늘로 기어오르려나
포장마차 밖에는 눈보라의 긴 꼬리가
세상 속에다 구멍을 내는 저녁

독야청청

밤 10시부터 눈이 내리기 시작했으므로
밤 10시부터 소나무는 가지로 눈을 받기 시작했을 것
이다
하늘이나 구름 혹은 어둠을 받쳐들던 손에
쌀밥 같은 눈송이가 소리 없이 내려앉을 때 처음에는
소나무도 손바닥이 간지러웠을 테고 가끔은
솔잎으로 눈송이를 콕콕 찌르며 장난도 쳤을 것이다

우리가 비닐하우스에 쌓이는 눈을 치우느라고
빗자루 들고 밤새 발 구르며 허둥대던 동안에도
눈 쌓이는 소리 들으려고 귀를 기울였을 것이고
그리하여 소나무의 귓불은 두툼해졌을 것이다
한밤중에 늑대가 와서 밑둥치에 오줌을 찍 휘갈기고
간 시간에도
그 뜨뜻하고 세찬 소리에 젖어 꿈쩍도 하지 않았을 것
이다

소나무의 일생은 눈의 무게가 아니라
세상의 무게를 걱정하는 데 바쳐야 하는 것,
천지간에 석 자도 더 되는 눈이 쌓이고 쌓여도
소나무는 장엄하게 지휘자처럼 팔을 벌리고
폭설의 오케스트라를 지휘해야 하는 것,

그러다가 소나무는 저렇게 끝장을 보고 말았을 것이다
눈을 받쳐들었던 팔이 한순간에 부러지며 허공을 때
리고
그때 허공은 크게 한번 쩡, 하고 울었을 것이다
저 소나무가 실패한 생을 살았다고 생각한다면
나는 눈을 뭉쳐 당신의 뒤통수를 내갈기고 싶을 것이다
저게 실패라면 당신이나 나나 저렇게 한번 실패해봐야
하는 것이다

살아남은 자의 슬픔

비닐 조각들이 강가의 버드나무 허리를 감고 있다
잘 헹구지 않은 수건처럼 펄럭거린다

몸에 새겨진 붉은 격류의 방향,
물결 무늬의 기억이 닳아 있다
모두들 한사코 하류 쪽으로 손을 가리킨다

제2부

나비의 문장

오전 10시 25분쯤 찾아오는 배추흰나비가 있다

마당가에 마주선 석류나무와 화살나무 사이를 수차례 통과하며

간절하게 무슨 문장을 쓰는 것 같다

필시 말로는 안되고 글로 적어야 하는 서러운 곡절이 있을 것 같다

배추흰나비는 한 30분쯤 머물다가 울타리 너머 사라진다

배추흰나비가 날아다니던 허공을 끊어지지 않도록 감아보니

투명한 실이 한 타래나 나왔다

춘향터널

전주에서 지리산을 가자면 남원 조금 못 미쳐 춘향터 널을 통과해야 한다 나는 컴컴한 이 터널을 다 지나가고 나면 매번 요상하게도 거시기가 힘이 쪽 빠지데 한 어르 신께서 농을 던지자, 으아 춘향터널이 세긴 센가보네 어 찌고저찌고 하면서도 자신의 거시기를 생각하는지 모두 들 거시기한 표정으로 차창 밖으로 고개를 돌리는데, 일 행 중에 누군가 문득, 자기는 춘향터널 입구에 당도하기 만 하면 거시기가 왈칵 묵직해지더라고 너스레를 떨었던 것인데, 그 뒤로 나는 전국 각처 터널을 드나들 때마다 참 거시기한 생각에 빠져들곤 하는 것이다

복숭아

음, 하고 입을 꼭 다문 복숭아를
아, 하고 입을 벌려 깨물었는데
갑자기 내 입속의 마른논으로
물 들어오네

복숭아를 먹는다는 것은
남의 살 안쪽을 베어먹는 참으로 허망한 일,
한 몸이 또 한 몸을 먹는 일인데

어쩌다 외국 나갔다가 대한항공 타고 돌아올 때
착륙 직전에 내려다보이던 숲속의 무덤들, 그 둘레가
신(神)이 한입씩 깨물어놓은 둥근 이빨자국 같았지

음, 하고 입을 꼭 다물고 사는 사이
아, 하고 입을 벌려 신이 한 생애를 깨물었나
어디서 문득 부고(訃告)가 오네

젖은 눈으로 울다가
복숭아씨처럼 남은 복숭아 가족들을
위로하러 가야지

가련한 그것

목욕탕에서 아들놈의 거뭇거뭇해진 사타구니를 슬쩍
보는 거
내심 궁금하고 흥미로우면서도
좀 슬픈 일이다

문득 내 머릿속에는
왜 이십 수년 전 아버지 숨 놓았을 때 염하는 사이 들여
다본
형편없이 자줏빛으로 쪼그라든 그것이 떠올랐던 것
일까

아무래도 아버지와 아들 사이에 엉거주춤 서 있는
나의 그것 때문일 텐데,
내 가능성과 한계를 동시에 머금고 있는
결국은 가련한 그것! (……킥킥)

김남주 10주기 행사 때 광주에서 강연하기로 약속해

놓고

　황석영 선생이 무단 펑크를 냈었다

　뒤풀이 자리에서 화가 난 김준태 시인이

　"석영이형 좆은 좆도 아니여. 아, 그게 뭔 좆이당가. 개
좆이여, 개좆!" 하면서

　소주잔을 넘치게 따르던 생각도 났다

　아들놈이 수건으로 급히 제것을 가리며

　"아빠! 처음 봐요?" 하며 눈을 희번덕거린다

　물방울이 그 끝에서 뚝뚝 듣는 것을 나는 또 본다

월광욕(月光浴)

이즈막에 꿈이 하나 있다면
인적 없는 지리산이나 설악산 자락쯤 들어가서
세상 속에서 입고 온 옷을 홀렁 벗어던지고
평평한 바위 위에 한시간쯤
드러누워 있는 것

하늘에서 천천히 기어내려온 달빛 벌레가
내 귓바퀴며 겨드랑이며 허리며 사타구니를 마음껏 갉
아먹도록
사지를 있는 대로 벌리고 누워 있는 것
마치 혼자서 대한민국 만세를 부르는 형상이겠지

달빛 벌레가 내 몸을 갉아먹다가 지치면
바람 여자가 내 정신을 혓바닥으로 맛있게 핥아먹을
수 있도록
내 꿈은 내가 가진 것을 다 내주는 것
따끔거려도 간지러워도

태연한 척 참는 것

홀렁 벗고 드러눕기만 하면
내 욕망이며 희망이며 흉터도 갉아먹고 핥아먹어주
겠지
너도 그때 같이 가보지 않으련?

꽃 지는 날

뜰 안에 석류꽃이 마구 뚝뚝 지는 날, 떨어진 꽃이 아까워 몇개 주워 들었더니 꽃이 그냥 지는 줄 아나? 지는 꽃이 있어야 피는 꽃도 있는 게지 지는 꽃 때문에 석류 알이 굵어지는 거 모르나? 어머니, 어머니, 지는 꽃 어머니가 나 안쓰럽다는 듯 바라보시고, 그나저나 너는 돈 벌 생각은 않고 꽃 지는 거만 하루종일 바라보나? 어머니, 꽃 지는 날은 꽃 바라보는 게 돈 버는 거지요 석류알만한 불알 두 쪽 차고앉아 나, 건들거리고

굴뚝

1

아궁이에서 굴뚝까지는
입에서 똥구멍까지의
길

비좁고,
컴컴하고,
뜨겁고,
진절머리나며,
시작과 끝이 오목한 길

무엇이든지 그 길을 빠져나오려면
오장육부가 새카매지도록
속이 타야 한다

그래야 세상의 밑바닥에 닿는다, 겨우

2

저 빈집의 굴뚝을 들여다보면
매캐한 슬픔이 타는 아궁이가 있을 것 같고, 아궁이 앞
에 사타구니 벌리고 앉아 불을 지피는 여자가 있을 것 같
고, 불꽃이 혀를 날름거리며 눈가의 주름을 핥을 것 같
고, 아이들은 대여섯이나 바글바글 마루 끝에서 새처럼
울 것 같고, 여자는 아이들 입에 뜨신 밥알 들어가는 것
생각하며 가슴을 쓸어내릴 것 같고,

3

그러나 지금 굴뚝의 비애는
무너지지 않고 제 자지를 세우고 있다는 거

쌀 안치는 소리,
끝없는 잉걸불의 열정,

환한 가난의 역사도
뱉고 토해낸 지 오래된

저 굴뚝은 사실 무너지기 위해
가까스로 서 있다
삶에 그을린 병든 사내들이
쿵, 하고 바닥에 누워
이 세상의 뒤쪽에서 술상 차리듯이

모퉁이

모퉁이가 없다면
그리운 게 뭐가 있겠어
비행기 활주로, 고속도로, 그리고 모든 막대기들과
모퉁이 없는 남자들만 있다면
뭐가 그립기나 하겠어

모퉁이가 없다면
계집애들의 고무줄 끊고 숨을 일도 없었겠지
빨간 사과처럼 팔딱이는 심장을 쓸어내릴 일도 없었을
테고
하굣길에 그 계집애네 집을 힐끔거리며 바라볼 일도
없었겠지

인생이 운동장처럼 막막했을 거야

모퉁이가 없다면
자전거 핸들을 어떻게 멋지게 꺾었겠어

너하고 어떻게 담벼락에서 키스할 수 있었겠어
예비군 훈련 가서 어떻게 맘대로 오줌을 내갈겼겠어
먼 훗날, 내가 너를 배반해볼 꿈을 꾸기나 하겠어
모퉁이가 없다면 말이야

골목이 아냐 그리움이 모퉁이를 만든 거야
남자가 아냐 여자들이 모퉁이를 만든 거지

서울로 가는 뱀

기어가는 것보다는
달려가는 게 낫겠다 싶어서 뱀은
풀숲에서 아스팔트로 주저없이 나왔다
똬리를 튼 검은 뱀들이
줄지어 바삐 서울로 굴러가고 있었다
뱀은 자신이 곡선으로 기어가고 있다는 것을
뒤늦게 깨달았다 그래서
굴러가는 것들보다 더 빨리 서울로 가고 싶어서
일직선으로 몸을 뻗은 다음
뱀은 아스팔트 바닥에 바짝 엎드렸다
다시는 기어가지 않으리라, 뱀은 맹세했다
그러자 둥글고 길쭉하던 뱀은
금세 납작해졌다
(그렇다고 뱀이 죽었다, 라고 말하지 마라)
그때부터 뱀은 아스팔트를 힘껏 껴안았다
납작해진 뱀은 거무스름하게 변하면서
바닥에 달라붙어 아스팔트가

되어갔다

전국 곳곳에서 뱀들이 서울 쪽으로 간다
뱀의 등에 올라타고 나도 가끔은 서울로 간다

중요한 곳

모악산 박남준 시인,
여름 밤 가끔 깨 활딱 벗고는
버들치들 헤엄치는 계곡 둠벙에 몸을 담근다 합니다
그러면 물속 버들치들이 허연 사타구니께로
한 마리도 아니고 두 마리도 아니고
세 마리도 아니고, 한꺼번에
검게 일렁이는 낯선 물풀 속에
잠이라도 청하자는 건지 슬금슬금 다가온다 합니다
다가와서는 가운데 중요한 곳을
톡톡, 건드리다가 입으로 물어보다가 한다는데,
정말이지 아픈 듯 간지러운 듯
마음에 수박씨 박히는 듯 기분이 야릇하다는데,
마흔 중반 넘어 여태 장가도 안 든
박남준 시인도 중요한 곳을 알기는 아나봅니다
하기야 버들치들도 그곳이
중요한 곳 아니면 왜 궁금했겠어요

대접

　내가 아는 한 선배는 술에 취하면,

　야, 내가 전방에서 밥풀때기 두 개 붙이고 소대장으로 근무하고 있을 적에 말이야, 우리 소대에 애새끼를 둘이나 둔 나이 든 사병이 하나 있었거든 전라도 해남이 고향인 놈이었는디 좆도, 불알 두 쪽밖에 없는 놈이 어쩌자고 지 식구들을 강원도까지 끌고 와서 부대 바로 앞에 셋방을 얻어 살게 했어야 짬밥 퍼먹으면서 저도 얼마나 식구들이 보고 싶었겠냐, 내 참, 물어보나마나지 아닌게아니라 사내자식이 눈물은 많아가지고 외출 나갔다가 사나흘쯤 지나면 새끼들이 보고 싶다고 내 앞에서 소대장님, 소대장님, 하면서 찔찔 짜는 게 하루이틀이 아녔지 내가 어쩠겠냐, 이 눈치 저 눈치 봐가면서 바깥출입 할 수 있도록 자주 편의를 봐줬다는 거 아냐 쓰발, 지놈이야 한번 나갔다가 지 각시 배를 몇번이나 타고 오는지 모르지만 나는 뭐냐, 그때가 스물여덟 새파란 나이 아녔냐, 나는 어쨌겠냐고 말이야, 여하튼 그놈이 하루는 지네 집에 한번만 다녀가달라고 통사정을 하는 거야, 그래 할 수 없이 저녁때가 다 되어서 그놈하고 같이 그놈 식구들 사는 단 칸방엘 갔는데 야, 말도 마라 말이 집이지 시멘트 벽돌 몇장 쌓고 슬레트 몇장 얹어놓은 그 시답잖은 집에 컴컴한 굴 같은 방에 그놈 식구들이 오소리같이 살더라니깐, 백 촉도 아니고 육십 촉도 아니고 전기세 아낀다고 삼십촉 알전구 달랑 하나 켜놓은 방구석에 들어섰더니 웬걸 근사하게 밥상이 차려져 있더라 집에서 닭 두 마리를 키우는디 날 위해서 그중 한 마리 모가지를 콱 비틀었다는 거야 야, 그 새끼 궁상떨던 것 머릿속에서 다 사그라지고 그때는 감동이 혀끝으로 쓰윽 밀려오데, 앉자마자 소주 몇잔 주고받았지 목구멍에서 똥구멍까지 단번에 찌리릿 기분이 끝내주더구먼, 그런디 그놈하고 머리통 굵은 그놈 새끼 둘하고 그놈 각시하고 다섯이서 닭 한 마릴 앞에 놓았으니 숟가락이 냄비 바닥 긁는 소리 나는 건 시간 문제지 안 그랬겠냐, 애새끼들은 고기, 고기 더 달라고 자꾸 보채는디 그놈 각시가 건더기 하나를 내 앞에다 터억 떠맡기듯 집어주는 거야 그게 뭐였는지 알아, 썰지도 않은 닭똥집이었다는 거 아냐, 사양해도 안 통해 이러지도 저러지도 못하고 억지로 그걸 입에 우겨넣었지 뭐냐 야, 그런데 그 닭똥집 환장하겠더라, 칼로 갈라서 모래를 털어내야 한다는 걸 몰랐나봐, 씹을수록 좁쌀인지 모래인지 버석거리고 입안에 닭똥 냄새가 고이는디 나 정말 미치겠더라 그렇다고 대접받는 처지에 뱉을 수도 없고 먹자니 속이 메슥거리고 나 원 참, 그래도 어쩌겠냐 그걸 우물우물 씹다가는 에라 모르겠다 하면서, 겉으로는 겁나게 느긋한 표정을 지으면서, 꿀꺽 삼켜버렸지 뭐냐, 나 그날 대접 한번 징그럽게 받았지야, 그게 70년대 중반이었다야,

하면서 오래된 소대장 시절 이야기를 몇차례나 늘어놓곤 한다

앵두의 혀

앵두를 먹었지
그러니까 작년 여름
툇마루 끝에 앉아 먹었지

한알 한알이 예뻐서
한알 한알을 낱낱이 들여다보며
거 왜 있잖아, 시기도 하고 달기도 한 연애 같은 앵두를
흰 쟁반 가득 따다가 놓고서는
손가락으로 한알 한알 골라 먹었지
앵두즙이 잇몸 속까지 적셔서 처음에는 찔끔 진저리치
기도 했지만
그러다가, 언제 이 앵두를 다 먹나 싶어서
한움큼씩 입에 털어넣듯이도 먹었지
아무리 입에 우겨넣어도 볼이 불룩해지지 않는 것은
앵두알을 씹는 사이, 그 어느 틈에
씨앗을 발라 뱉는 기막힌 혀가 있기 때문

거 왜 있잖아, 앵두의 입술에 내 입술이 닿을 때,

앵두알을 깨물어 입안에서 환하게 토도독 터져서는 물기 번질 때,

하루 내내 먹어도 배가 부르지 않을 것 같은 그런 때,

장차 내 인생이나 네 인생에 쉽사리 잘 오지 않을 것 같은 그런 때,

앵두를 먹을 때,

툇마루 끝에 앉아

앵두를 먹었지

앵두씨를 툿, 툿, 툿, 뱉어가며 먹었지

그런데 있잖아, 앵두씨에도 혀가 있다는 말 들어봤나?

하나도 아니고 둘도 아니고

혀끝으로 발라 우리가 마당에다 내뱉은 만큼

앵두씨가 자기를 밀어올리는 것 봤나?

지금 앵두의 혀가

날름날름 연초록 바람을 골라 먹고 있다니까!

시골 중국집

　지나가다 허기를 짜장면 냄새한테 그대로 들켜버린 건 시골 중국집 앞에서였다 우리 일행은 목단인 듯 작약인 듯 사방연속 꽃무늬 벽지로 도배한 내실로 들어갔다

　40대 후반쯤 되어 보이는 여주인은 혼자서 오차도 따르고 주문도 받고 단무지도 양파도 내왔는데, 그릇에 그득히 담겨온 뜨끈한 짜장면을 허겁지겁 먹다가 나는 어쩌다가 자개장롱 위에 일렬횡대로 도열해 있는 술병들을 보게 되었다

　인삼주 다래주 더덕주에다 그 밖에 이름도 모를 열매로 담근 술이 예닐곱 술병마다 가득하였는데, 그 우러날 대로 우러난 슬픔 같은 게 발그스레할 대로 발그스레해진 것을 보면서 나는 문득 싸하게 목이 메어왔는데,

　그 까닭은 장롱 맞은편 벽에 넥타이를 매고 벌써 다른 데로 가기에는 누가 봐도 좀 이르다 싶게 안쓰러운 중년

남자의 흑백 영정 사진 하나가 삐뚜름히 유리 액자 속에 박혀 있었기 때문이었다

　그 남자 술을 좋아했던 것일까 생전에도 저렇게 천연 덕스런 목숨의 빛깔이 우러나온 담근 술을 물끄러미 바라보는 일을 사랑했던 것일까 밀가루 반죽을 탕탕 치고 면발을 흔들다가 그 남자 어느날 어떻게 미련 없이 등을 보인 것일까 그 남자 생각이 툭툭 입가에서 이어지다 끊어지다 하는 것이었다

　그랬다 혼자된 어머니가 아들에게 자꾸만 담근 술을 권하던 날들은 서러웠다 나는 한번도 어머니의 남편이 되어주지 못하였고, 거 참 술이 다네 한잔만 더 해야지, 흐뭇하게 잔을 내밀지 못하였고, 모로 누워 자는 척하며 귀찮은 듯 손사래를 치기만 하던 날들이 있었다

연꽃 방죽

어느날 일식집을 갔는데 종지에 담긴 처음 보는 요리
가 있었다 버섯 같기도 하고 무슨 해산물 같기도 하였다
어린 연의 새순으로 만든 거라고 종업원이 일러주었다
종지 속에 정말 태아처럼 작고 주름이 촘촘한 연잎이 몇
장 뒹굴고 있었다 아, 이놈이 다 자라 연잎이 되면 비 오
는 날 머리에 쓰고 다닐 수도 있겠구나, 싶었고 연잎이
빗방울을 통통 튕겨 올리는 소리도 들릴 것 같았다 젓가
락으로 이리저리 뒤적여보는데 옆에 서 있던 종업원 왈,
그냥 입에 대고 후루룩 마시는 거라고 하였다 그래서 나
는 소리가 나도록 후루룩 따라 했는데 갑자기 내 귀에 빗
방울이 떼로 연잎을 두드리는 소리가 났다 연꽃 방죽을
한 두어 평쯤 들이마신 듯하여 좀 미안하였다

쑥부쟁이 하숙집

쑥부쟁이 꽃이 피면,

쑥부쟁이 하숙집 하숙생들 둘러앉아 저녁 밥상 펼치네
둥근 밥상 위에는 둥근 밥그릇, 둥근 밥그릇 안에는 둥근
밥냄새, 둥근 밥냄새 옆에는 둥근 반찬 접시들, 차린 것
없어도 모두들 와글와글 맛있게 먹네 꽃잎 속으로 밥 떠
먹는 숟가락이 들어가면 오물오물 연보라 입술 시린 쑥
부쟁이 하숙생들 입이 둥그래지네
밥 먹고 나면 이 저녁 섭섭하지 않게
하늘에다 대고 방귀도 뿡뿡 뀌겠네

똥꼬도 둥근
쑥부쟁이 꽃

돌아누운 저수지

둑에서 삼겹살을 굽던 시절은 갔네
물 위로 일없이 돌을 던지던 밤도 갔네
저수지 그 한쪽 끝을 잡으려고 헤엄치던 날들도 갔네
청둥오리떼처럼 몇번 이사를 하고
청둥오리떼처럼 또 저수지를 찾아왔네
저렇게 저수지가 꽝꽝 얼어 있는 것은
얼어서 얼음장을 몇자나 둘러쓰고 있는 것은
자기 속을 보여주기 싫어서
등을 돌리고 있는 거라 생각하네
좀더 일찍 오고 싶었다고
등을 툭 치며 말을 걸고 싶지만
저수지가 크게 크게 울 것 같아서
나는 돌 하나 던지지 못하네

제3부

어느 빈집

드러눕고 싶어서 나무는
마루가 되었고,
잡히고 싶어서 강철은
문고리가 되었고,
날아가고 싶어서 서까래는
추녀가 되었겠지
(추녀는 아마 새가 되고 싶었는지도)
치켜올리고 싶은 게 있어서 아궁이는
굴뚝이 되었을 테고,
나뒹굴고 싶어서 주전자는
찌그러졌을 테지

빈집이란 말 듣기 싫어서
떠나지 못하고
빈집아,
여태 남아 있는 거니?

황사

어머니의 치마 속이었네 나는 치맛자락을 뒤집어쓰고 숨어 있었네 마치 항아리 속 같았네 복사꽃이 지는 봄이 었네 술래는 나를 찾지 못했네 나는 눈을 뜰 수 없었네 어머니는 따끈한 봄 햇살처럼 자글자글 앓았네 몸져누운 봄의 아랫도리에서 노란 애벌레가 눈을 뜨고 있었네 어 머니의 치마 속으로 복사꽃이 날아들었네 꽃잎들이 애벌 레의 눈을 안대로 가렸네 백 마리의 나비떼가 이 세상을 다른 데로 옮기고 있었네 나는 그리로 따라가기 싫어서 학교 갈 시간이 되어도 모른 척하고 누워 있었네

간절함에 대하여

금강 하구를 가로지른
거대한 배수갑문, 그 한쪽에
강물을 조금씩 흘려 보내는 조붓한 물길이 있다
어도(魚道)라고 하는데,
영락없이 강물의 탯줄이다
강으로 오르고 싶은 물고기는 오르게 하고
바다로 내려가고 싶은 물고기는 내려가게 한다
5월, 내려가는 물고기는 보이지 않고
거슬러오르고자 하는 것들이 거기 가득했다
더 높은 곳에서 봤더라면
버드나무 잎을 따다
몽땅 뿌려놓은 것 같으리라
숭어떼였다!
바다를 뚫고 억센 그물을 찢을 때 생긴
상처투성이 너덜너덜해진 몸으로
주둥이부터 꼬리까지
하나같이 무엇이 간절한

눈부신 숭어떼
큰 놈 작은 놈 할 것 없이
대가리를 강물 쪽으로 대고
오로지 거슬러오르는 일에
몰두하고 있었다
그런데 그때,
날개를 찰싹 접고 꼿꼿이 서서
꼼짝도 하지 않고 숭어떼를 노려보는
잿빛 새 한마리
그 긴 부리의 간절함은
또 무엇이었던가!

주저앉은 집

산기슭에 버려진 외딴집 한채, 어느날 가보니 저 혼자
폭삭 주저앉아 있었다

어찌하여 그렇게 형편없이 납작해졌느냐고 나는
물어보았다 그러나 귀가 뭉개진 집은
듣지 못했는지 듣고도 못 들은 척하는지 아무 대답도
하지 않았다

조금씩 아주 조금씩 허물어져 내린 것이 아니라 한꺼번
에 머리에 이고 있던 하늘을 내려놓은 이유가 궁금했다

이 집에 살던 주인이 다시 돌아오나 안 오나
처마 끝으로 고독한 목을 빼고 기다리던 날들이 있었다

집 없이 떠도는 옛 주인이 돌아온다 해도 두 눈으로 바
라볼 게 없도록
도무지 그리울 것도 사무칠 것도 없도록
단 한번에 기둥은 무릎을 접고 서까래는 상의도 없이
고개를 꺾고 봉창은 눈을 질끈 감았을 것이다

돌의 울음

팽이로 밭두둑을 만들다가
팽잇날이 무심코 땅속의 돌의 이마를 때렸을 때
쩡, 하고 나는 소리
그놈을 캐내려고 서둘러 쩡, 쩡, 쩡, 쩡 팽이를 재차 내
리찍어보지만
아뿔싸, 결코 만만한 놈이 아니다, 내가 뒤늦게 알았을 때
나처럼 얇은 흙의 두께를 생각하면서 나는 한없이 초
라해졌다

고추 모는 한 주도 심지 못하고
나는 주저앉아 담배를 피우는데
동네 노인 한분이 지나가시다가, 두둑을 더 높게 올려
붙여야 쓰것소, 한다
햇볕이 흙을 고두밥처럼 고슬고슬하게 말릴 때쯤 되어
서야
나는 팽이를 다시 들었다
팽이 자루는 여전히 서늘하였다

괭이는 땅속의 돌과 부딪치며 또 실없이 불꽃을 튀길
것인가
저 혼자 잠시, 망설였다
누군가를 사랑하려면 같이 울어주어야 한다는 것을
괭이는 아직 모르고 있는 모양이었다

밭머리에 이 세상 초록이 다 몰려와서 찰랑대는 날이
었다

나는 괭이를 짚고 서서
땅속에서 혼자 우는 돌을 생각하였다
이놈이 아구뚱지다면 구들장으로 써도 내려앉지 않을
놈일지도 모르겠고,
동네 사람 스물이 둘러앉아 밥을 먹을 수 있는 평상이
될 수도 있겠고,
초등학교 운동장만큼 넓어서 헬리콥터가 두 대도 더

내려앉을 수 있을지 그것도 알 수 없는 일이고,

　저 먼 대륙 하얼삔 역이나 아니면, 모스끄바 역까지 그 뿌리가 이어져 있어서 백년도 넘게 기차 바퀴 소리를 받아내고 있는 놈일지도 모르겠다는 생각이 들었다

풀물

봄비 한두 차례 마당 두드리고 가면 두런두런 풀이 돋
는데 가만 놔두면 겁도 없이 자랄 것들 빗소리 마르기 전
에 서둘러 뽑아내기로 마음먹고

호미를 들었다

냉이 뽑아내고 나면 씀바귀 돋고 씀바귀 뽑아내고 나
면 질경이 돋는 마당 한쪽에 쪼그려 앉아 풀을 뽑다가 보
면 저만큼 저 앞에서 또 개망초 돋고

내가 잠깐 돌아앉은 사이에도

또 토끼풀 돋는다

햐,

여기저기 이놈들은 대체 무슨 일로 이렇게 바쁘게 머
리를 내미는 것일까

생각하면서

호미 끝으로 자꾸 땅을 콕콕 쪼아대는데,

풀들도 서운한 게 있었나?

뽑힌 풀들이 나자빠져 시든 뒤에도 내 손톱 끝에 든 풀
물이 빠지지 않는 것이다

옆으로 눕기 전에 어떻게든 내 손을 어떻게든 잡고 매
달려보려 했나?

푸른 신발

푸른 신발 하나
강가의 모래톱에 버려져 있다
모래톱은 아직 물자국을 버리지 않고
울먹울먹 껴안고 있다

주인이 신발을 벗어 멀리 내던졌는가
신발이 주인을 버렸는가
강물은 왜 신발을 여기에다 내려놓았는가

가까이 가서 보니 신발 안에
푸른 물이 그득하게 고여 있다
이 질컥거리는 것 때문에
신발은 떠나지 못하고 있는 것인가?

기차는 잡아당긴다

앞에 놓인 철길을 잡아당기며 달리는 기차
누군가 잡아당겨야 팽팽해지는 철길
서울에서 목포까지, 혹은
블라지보스똑에서 뻬쩨르부르끄까지
마치 상장을 말아 쥐고 집을 향해 뛰는
초등학생처럼 식식거리는 기차
어느 플랫폼에 기차가 잠시 멈추면
잡고 있어도 당기지 않으면
힘이 빠진 철길은 투덜거리며
기차를 놓아두고
몇걸음 혼자 걸어가본다
지평선을 넘지 못하는 철길
지평선을 넘으려면 기차가 잡아당겨줘야 한다
자기 앞에 놓인 것은 무엇이든지 잡아당기는
눈보라를 잡아당기는
바람을 잡아당기는 기차

산개구리 울음소리

이 골짝 산개구리들은 이른봄에 해마다
똑같은 곳에 와서
알을 몇 바가지나 싸질러놓는다네
물살이 세차지 않은 물가에 나도 해마다
똑같이 쪼그리고 앉아서 산개구리 알들을 내려다보네

산개구리 수백 마리가 떼지어 예식장 가듯 약속하고
모여서는
어기적거리며 여기까지 기어왔을
들키지 않으려고 울지도 않았을 무언 절규의 그 밤을
생각하네

오래전 산서 장날, 붉은 바케스 한통 가득 담겨 있던 산
개구리 알
한 대접에 오백원 주고 후루룩 마시고는 입가를 쓰윽,
훔치던 사내들의
희번덕거리던 눈동자를 잊지 못하네

동글동글한 점으로 박힌 산개구리 아이들의 눈은 까맣다네

이 눈은 사실 각각이 산개구리 울음소리라네

그리고 이 울음소리는 많이, 많이 울어서 여름밤을 달구게 될

뒷다리 튼튼한 산개구리의 육체라네

새와 나무

새가 날아와 산벚나무 마른 손목을 가만히 움켜쥐었다
산벚나무는 손목이 따뜻해져서 버찌를 마음껏 따먹어
도 좋다고 허락하였다
새는 버찌를 배불리 먹은 다음 모르는 골짜기로 날아
가 기분 좋게 똥을 싸갈겼다

새똥 속에
먼 훗날 어린 새들이 날아와 그 손목을 움켜쥘 산벚나
무가 몽개몽개 꽃을 피우고 있었다

조팝꽃

조팝꽃이 피었다

보란 듯이,
그동안 내가 씹어 삼킨 밥알들을
그 가는 가지에 줄줄이 한알 한알 빠짐없이 붙이며
얼마나 많은 밥그릇을 비웠느냐고

조팝꽃이 여기, 저기 피었다

나중에 다시 태어나면

나중에 다시 태어나면
나 자전거가 되리
한평생 왼쪽과 오른쪽 어느 한쪽으로 기우뚱거리지
않고
말랑말랑한 맨발로 땅을 만져보리
구부러진 길은 반듯하게 펴고, 반듯한 길은 구부리기
도 하면서
이 세상의 모든 모퉁이, 움푹 파인 구덩이, 모난 돌멩
이들
내 두 바퀴에 감아 기억하리
가위가 광목천 가르듯이 바람을 가르겠지만
바람을 찢어발기진 않으리
나 어느날은 구름이 머문 곳의 주소를 물으러 가고
또 어느날은 잃어버린 달의 반지를 찾으러 가기도 하리
페달을 밟는 발바닥은 촉촉해지고 발목은 굵어지고
종아리는 딴딴해지리
게을러지고 싶으면 체인을 몰래 스르르 풀고

페달을 헛돌게도 하리

굴러가는 시간보다 담벼락에 어깨를 기대고

바퀴살로 햇살이나 하릴없이 돌리는 날이 많을수록 좋
으리

그러다가 천천히 언덕 위 옛 애인의 집도 찾아가리

언덕이 가팔라 삼십년이 더 걸렸다고 농을 쳐도 그녀
는 웃으리

돌아가는 내리막길에서는 뒷짐 지고 휘파람을 휘휘 불리

죽어도 사랑했었다는 말은 하지 않으리

나중에 다시 태어나면

강

너에게 가려고
나는 강을 만들었다

강은 물소리를 들려주었고
물소리는 흰 새떼를 날려보냈고
흰 새떼는 눈발을 몰고 왔고
눈발은 울음을 터뜨렸고

울음은 강을 만들었다
너에게 가려고

그물

골짜기를 타고 개구리를 잡으러
검은 장화들이
철버덕 철버덕 올라오고 있었다
물속 덩치 큰 돌덩이들이
그림자에 놀라 끙, 하고 몸을 뒤집으며 물을 튀겼다

돌덩이 밑에 엎드려 곤히 잠자던 개구리
어떻게 하나,
어떻게 하나,

개구리는
한 사내의 손아귀에 잡히는 순간,
검은 장화에다 황급히
알을 흘려놓는다
알 위에도 그림자가 어른거린다

겨울 아침

눈 위에 콕콕 찍어놓은 새 발자국
비틀거리지 않고 걸어간 새 발자국
한 글자도 자기 이름을 남겨두지 않은 새 발자국

없어졌다, 한순간에
새는 간명하게 자신을 정리했다

내가 질질 끌고 온 긴 발자국을 보았다
엉킨, 검은 호스 같았다

날아오르지 못하고,
나는 두리번거렸다

외딴집

그해 겨울
나는 외딴집으로 갔다
발목이 푹푹 빠지도록
눈이 많이 내리는 날이었다
나는 어두워지기 전에
외딴집에 가서
눈 오는 밤 혼자
창을 발갛게 밝히고
소주나 마실 생각이었다
신발은 질컥거렸고
저녁이 와서
나는 어느 구멍가게에 들렀다
외딴집까지 얼마나 더 걸리겠느냐고
주인에게 물었다
그는 물끄러미 쳐다보더니
외딴집이 어디 있느냐고
나에게 물었다

제4부

옆모습

나무는 나무하고 서로 마주보지 않으며
등 돌리고 밤새 우는 법도 없다
나무는 사랑하면 그냥,
옆모습만 보여준다

옆모습이란 말, 얼마나 좋아
옆모습, 옆모습, 자꾸 말하다보면
옆구리가 시큰거리잖아

앞모습과 뒷모습이
그렇게 반반씩
들어앉아 있는 거

당신하고
나하고는
옆모습을 단 하루라도
오랫동안 바라보자
사나흘이라도 바라보자

혈서

여러 날 비워둔 작업실
방문을 열었더니
방구석에 개켜둔 이불 속에서 튀어나와 잽싸게
장롱 밑으로 기어들어가는 쥐 한마리

쫓아내든지 죽이든지 결판을 내야 했다
장대를 가지고 와서
장롱 밑을 쿡쿡 쑤셔도 놈은 밖으로 나오지 않는다
두어 번 장대 끝에 걸려 나왔다가도 다시 숨는다

이런 괘씸한 놈,
할 수 없이 뒷집 사는 노인을 모셔와서는
눈 쌓인 마당에다가 놈을 벌렁 드러눕게 할 수 있었다
가늘고 작은 네 발이 파르르 떨다가, 이내 적막해졌다

그런데 대체 어디로 들어와서
방안 곳곳에 오물을 갈겨놓고 분탕질을 해놓았다는 말

이냐?

　살펴본즉, 부엌의 하수구 구멍을 통해 올라와
　내 방에서 겨울을 날 심산이었던 모양이다

　쥐똥을 쓸어내고 어지러운 발자국을 걸레로 닦다가
　방 구석구석 기둥이며 벽에 새겨진 쥐 이빨 자국을 보
았다
　그놈은 출구를 찾고 있었던 것이다!
　(나도 세상의 출구를 찾기 위해
　명색이 시를 쓰는 자인데)

　놈이나 나나 입구만 알지 출구를 찾지 못하는 것은
　매 한가지, 내 방에서 몇날 며칠을 갇혀 굶주리다가
　뒷집 노인의 손끝에 꼬리를 잡힌 채
　결국 마당에 패대기쳐졌을 것이다

　노인이 손등에 번지는 핏자국을 잠깐 보여주었다

쥐, 그놈이 마지막으로 써놓고 간

혈서 같은 시 한편

그 드물다는 굳고 정한 갈매나무라는 나무

일생 동안 나무가 나무인 것은 무엇보다도 그늘을 가
졌기 때문이라고 생각해본 적이 있다

하늘의 햇빛과 땅의 어둠을 반반씩, 많지도 적지도 않
게 섞어서

자기가 살아온 꼭 그만큼만 그늘을 만드는 저 나무가
나무인 것은

그늘이라는 것을 그저 아래로 드리우기만 할 뿐

그 그늘 속에 누군가 사랑하며 떨며 울며 해찰하며 놀
다가도록 내버려둘 뿐

스스로 그늘 속에서 키스를 하거나 헛기침을 하거나
눈물을 닦거나 성화를 내지 않는다는 점이 참으로 대단
하다고 생각한 적이 있다

말과 침묵 사이, 혹은

소란과 고요 사이

나무는 저렇게

그냥 서 있다

아무것도 가지지 않은 듯 보이는

저 갈매나무가 엄동설한에도 저렇게 엄하기만 하고 가진 것 없는 아버지처럼 서 있는 이유도

그늘 때문이다

그러므로 이제 빈한한 집안의 지붕 끝처럼 서 있는 저 나무를

아버지,라고 불러도 좋을 것이다

때로는 그늘의 평수가 좁아서

때로는 그늘의 두께가 얇아서

때로는 그늘의 무게가 턱없이 가벼워서

저물녘이면 어깨부터 캄캄하게 어두워지던 아버지를

나무,라고 불러도 좋을 것이다

눈 내려 세상이 적막해진다 해서 나무가 그늘을 만들지 않는 것은 아니다

쓰러지지 않는, 어떻게든 기립 자세로 눈을 맞으려는

저 나무가

어느 아침에는 제일 먼저 몸 흔들어 홀홀 눈을 털고
땅 위에 태연히 일획을 긋는 것을 보게 되는 날이 있
을 터

장끼 우는 봄

봄산에
장끼가 울고 있다

띄엄띄엄 잊을 만하면 한번씩
가락도 울음의 신명도 없이, 다만 혼자

장끼는 왜 혼자 우는가
한번 울고 나서, 그 다음에 울 때까지
그 사이에 장끼는 무엇을 하는가 궁금했다

저 봄산의 사타구니에다 고개를 처박고서는
산 전체를 기어이 들쳐 메려고 하는 건가,
그러다가 산이 꼼짝달싹도 안하니까
산의 뿌리 깊이 박힌 대못을 펜치로 끙, 하고 뽑는 중
인가

송홧가루 날리는 골짜기
장끼는 왜 우는가

햇볕의 눈

막 손바닥 편 감나무 잎사귀 위에 미끄러져서는 돌담 위에 일렬횡대로 나란히 앉아 소란스럽네 (북조선은 햇볕이 들지 않는 곳이라 배웠지) 응달 아래 동상 걸려 서서 우는 어린 꽃나무야, 내밀어라 발 내밀어라 저 햇볕 네 발등에도 발라주마 (북조선 아이들은 성한 내의 한벌 없이 겨울났다지) 걸어가는 염소 꼬랑지 달랑달랑 흔들다가 똥그르르 염소 똥으로 똥똥, 떨어져 구르네 햇볕은 무진장 많다네 (햇볕이 북조선 아이들 입에 드는 밥이 된다면, 김치 한조각 된다면) 집집마다 항아리 뚜껑 다 열어젖히고 받네 햇볕이 아까워서 (넌 북조선으로 가는 햇볕만 아깝겠지) 나는 뒷집에 갈퀴를 빌리러 가야겠다고 생각하네 갈퀴로 끌어모으면 몇 트럭은 될 햇볕, 시장에다 내다 팔면 한 됫박에 얼마를 받을 수 있을까 생각하네 (세상에, 햇볕을 모아 북조선에 보내면 군량미로 쓴다고 넌 생각하고 싶겠지) 해마다 보리밭 너머 돈 꾸러 갔다오는 바람아, 네 속주머니에도 저 햇볕 철철 넘쳤으면 좋겠니? (햇볕의 슬픈 눈은 북조선을 오래 응시하네)

모기장 동물원

나방이 왔다 풍뎅이가 왔다 매미가 왔다
형광등 불빛 따라와서 모기장 바깥에 붙어 있다
오지 말라고 모기장을 쳐놓으니까 젠장, 아주 가까이
와서
나를 내려다보며 읽고 있다

영락없이 모기장 동물원에 갇힌
나는 한마리의 슬픈 포유류

책을 덮고 생각중이다
저 곤충 손님들에게는 내가
모기장 안쪽에 있는가
바깥쪽에 있는가

붉은 달

그해 여름 아버지는 수박밭에다 수박을 심어놓고
첫물을 한번 따지도 못하고 돌아가셨다
수박밭에는 수박 대신 둥근 슬픔들이 가족을 이루고
있었다
내가 수박 속에 담긴 붉은 달을 떠올리고 있을 때
저 달이라도 내다 팔아보자 어머니가 말씀하셨다

타이탄 트럭 하나 가득 달을 싣고
아버지의 친구 장씨(張氏) 아저씨를 따라 서울로 가는
길은
어두웠다

장씨 아저씨는 여관에 들자 코를 골며 주무시고
여관방 쇠창살에 보름달이 걸려 있었다
영등포 청과물 시장 새벽 경매가 끝나면
리어카에 실려 서울 시내 골목 위로 둥그렇게 떠오를
그것은 아버지가 키우다 만

붉은 달이었다

나는 그 달을 보며
너만 달이냐,
너만 달이냐,
창에 걸린 붉은 달에게
눈물을 훔치며 삿대질을 달에게 해대었다

주름

평양 대동강변에서 만난 오영재 시인은 앞에 놓인 도시
락을 열지 않았다 룡성맥주만 연거푸 몇잔 들이켰다 8월
의, 나무 이름이 기억나지 않는 나무 그늘 아래 우리는
둘러앉아 있었다 젓가락으로 밥덩이를 뜨면서 나는 나무
그늘의 주름 사이를 천천히 건너가는 선생의 목소리에
내 귀를 걸어두고 있었다

북의 계관시인은 남쪽에 사는 피붙이들과 시인들에게
전해달라면서 두어 장 메모를 내게 건네주었다 나처럼
손이 하얗지는 않았다 울음 그친 매미들이 필체를 힐끗
보다가 다시 세차게 울었다 선생도 웃는 듯 우는 듯 하였
다 그때마다 이마의 주름이 퍼졌다 접혔다 하였다 한반
도 상공에서 내려다보이던 주름의 골짜기가 거기 다 들
어 있었다

바람의 두께

씨근덕씨근덕 그렇게도 몇날을 울던
제 울음소리를 잘게 썰어 햇볕에다 마구 버무리던
매미가 울음을 뚝 그쳤습니다
때맞춰 배롱나무는 달고 있던 귀고리들을 모두 떼어냈
습니다
울음도 꽃도 처연한 무늬만 남았습니다

바람의 두께가 얇아졌습니다

물기 없는 입

뻬이징 공항에서 입국 수속 밟으려고 내 앞에 서 있던
그 남자는 조선민주주의인민공화국 여권을 들고 있었다
갈색 썬글라스 속의 두 눈이 번득거렸고, 양복이 후줄
근했고, 대여섯 명 운동화 신은 노동자를 인솔하는 책임
자인 듯했는데, 중동 쪽에서 일하다가 와서 평양행 비행
기를 갈아타려고 하는 것 같았다

말을 좀 걸어보고 싶은데 용기가 나지 않았다

나하고 딱 한번 눈길이 마주친 적이 있었는데

내가 남조선놈이란 걸 눈치챘을까,

어째 다시는 뒤를 돌아보지 않았다

그 남자의 어깨에 얹힌 비듬 몇낱이 내 어깨에도 앉아
있을 것이며 내 어깨의 비듬을 또 누군가가 뒤에서 보고
있을 것이라 생각하며, 그리고 그 남자의 여행가방 속에
어쩌면 많은 달러가 들어 있어서 그의 처자식과 조국이 가
방을 여는 순간 환하게 웃었으면 좋겠다는 생각을 하며,

나는 어떻게 단 한마디라도 말을 나누어야 할 것 같
아서

혼자 조바심을 내었다

　그의 까맣게 탄 목덜미에서 후끈 사막 냄새가 났고,

　그때 나는 그의 흰 와이셔츠 깃에 촘촘하게 일어나 있
는 보푸라기들을 보게 되었다

　보푸라기,

　실낱과 세상이 부딪치면서 일으켰을 잠깐의 스파크 흔
적들,

　그 남자 혼자 수없이 와이셔츠를 빨아 널고 말리고 다
림질을 했을 사막의 밤이

　불현듯 내 입속으로 밀려들어와 모래처럼 버석거렸다

　나는 물기 없는 입으로 무슨 말을 걸려고 했나, 싶었다

드디어 미쳤다

제 여인의 허리를 껴안던 팔로
남의 여인의 허리를 쏘려고 조준을 한다

제 딸아이의 볼을 쓰다듬던 손으로
남의 딸아이의 볼을 향해 방아쇠를 당긴다

제 아들의 발등 앞에 축구공을 차주던 발로
남의 아들의 발등을 짓뭉개는 탱크를 운전한다

제 마을의 울타리가 부서지면 달려나가 수리하더니
남의 마을의 울타리는 박격포로 부숴버린다

제 나라의 나무와 꽃이 목마르면 물도 잘 뿌려주더니
남의 마을의 나무와 꽃에는 수천 발 미사일을 퍼붓는다

드디어 미쳤다……

제 집의 개는 사람보다 더 사랑하고
남의 집의 사람은 개보다 더 증오한다

왜가리와 꼬막이 운다

바다의 입이 강이라는 거 모르나
강의 똥구멍이 바다 쪽으로 나 있다는 거 모르나
입에서 똥구멍까지
왜 막느냐고 왜가리가 운다
꼬들꼬들 말라가며 꼬막이 운다

■

해설

사랑의 아이콘들

권혁웅

1. 사이

안도현의 시에서, 삶과 사랑은 유의어(類義語)다. 안도현은 그 둘을 자주 치환해서 쓴다. 삶은 나와 당신에게 각각 소속되었지만, 사랑은 나와 당신의 관계에서만 생겨난다. 전자가 실체라면 후자는 형식이다. 시인은 이 둘을 고의적으로 혼동함으로써, 모든 개별자들이 서로 이타적인 관계를 맺고 있음을 보여주려 한다. 나와 당신은 삶을 지탱하는 두 개의 기둥이거나, 사랑이 들고나는 두 개의 구멍이다. 나와 당신이 힘을 합쳐 어렵게 지탱하는

무게가 삶의 무게라면, 입구에서 나와 출구로 가는 모든
움직임이 사랑의 움직임이다. 이 때문에 소중한 것은 당
신과 내가 있는 그 자리가 아니라, 당신과 나의 거리, 간
격, 사이다.

숲을 멀리서 바라보고 있을 때는 몰랐다
나무와 나무가 모여
어깨와 어깨를 대고
숲을 이루는 줄 알았다
나무와 나무 사이
넓거나 좁은 간격이 있다는 걸
생각하지 못했다
벌어질 대로 최대한 벌어진,
한데 붙으면 도저히 안되는,
나무와 나무 사이
그 간격과 간격이 모여
울울창창(鬱鬱蒼蒼) 숲을 이룬다는 것을
산불이 휩쓸고 지나간
숲에 들어가보고서야 알았다

―「간격」전문

시인이 나무에서 찾아낸 사랑의 아이콘은 서로 가지를 이어붙인 연리지(連理枝)가 아니다. 나무들은 "벌어질 대로 최대한 벌어진,/한데 붙으면 도저히 안되는" 간격을 서로 수락했다. 이 간격이 사랑의 거리다. 나무들은 이 간격만큼 사랑한다. 서로 멀어질수록 나무의 사랑은 커질 것이다. "산불"과 같은 참화를 입을 때, 나무들은 불을 옮기지 않으려고 몸 대신 마음을 태웠을 것이다. "몰랐다"에서 "알았다"로 옮겨가는 서법은 물론 수사적인 것이지만, 이 이행 덕분에 숲은 제 안에 품은 간격을 한껏 넓힐 수 있었다.

2. 그늘

나무들만 사이를 가진 것이 아니다. 한그루 나무 역시 제 안에 사이를 품었다.

일생 동안 나무가 나무인 것은 무엇보다도 그늘을 가졌기 때문이라고 생각해본 적이 있다
하늘의 햇빛과 땅의 어둠을 반반씩, 많지도 적지도 않게 섞어서

자기가 살아온 꼭 그만큼만 그늘을 만드는 저 나무
가 나무인 것은
　그늘이라는 것을 그저 아래로 드리우기만 할 뿐
　그 그늘 속에 누군가 사랑하며 떨며 울며 해찰하며
놀다가도록 내버려둘 뿐
　스스로 그늘 속에서 키스를 하거나 헛기침을 하거나
눈물을 닦거나 성화를 내지 않는다는 점이 참으로 대
단하다고 생각한 적이 있다
　말과 침묵 사이, 혹은
　소란과 고요 사이
　나무는 저렇게
　그냥 서 있다
　　　　　　―「그 드물다는 굳고 정한 갈매나무라는 나무」 부분

　그늘은 처음부터 간격이다. 그것은 빛도 어둠도 아닌,
그 어름에 있다. 그늘에는 햇빛과 어둠이 "반반씩, 많지
도 적지도 않게" 섞였다. 그러니까 그것은 하늘의 일과 땅
의 일을 두루, 알맞게, 포괄한 것이다. 그늘은 "말과 침묵
사이"에 있다. 그러니까 그것은 존재(태초에 말씀이 있었
다)와 부재(제 곡조를 못 이기는 사랑의 노래는 언제나
님의 침묵, 그 묵언을 휩싸고 돈다)를 동시에 품은 것이

다. 말과 말 사이에 놓인 것이 침묵이며, 침묵과 침묵 사이에 끼어든 것이 말이다. "한번 울고 나서, 그 다음에 울 때까지/그 사이에 장끼는 무엇을 하는가 궁금했다."(「장끼 우는 봄」) 그늘은 그 모든 걸 껴안은 간격이다. "그러니 사랑에 눈먼, 환한 저 이끼를/그늘의 육체라고 부르면 안되겠나."(「이끼」)

사람살이와 관련된 모든 일이 그 그늘 안에서 일어나지만, 정작 나무는 제 스스로 나서는 적이 없다. 그래서 시인은 "빈한한 집안의 지붕 끝처럼 서 있는 저 나무를/아버지, 라고 불러도 좋을 것"(「그 드물다는 굳고 정한 갈매나무라는 나무」)이라고 말한다. 아버지가 꼭 그렇기 때문이다. 자식들이 "사랑하며 떨며 울며 해찰"하는, 그 모든 일을 부드럽게 품는 이가 바로 아버지 아니겠는가? 이제 빛과 어둠 사이에, 아니면 "말과 침묵 사이"에 있는 저 나무 그늘은 아버지 슬하의 보금자리다.

저 나무는 언젠가 쓰러지며 "땅 위에 태연히 일획을" 긋게 될 것이다. 아버지가 무너지고 나면, 아버지 그늘이 사라지고 나면 내가 아버지가 된다. 이번에는 몸에 돋은 나무 얘기다.

목욕탕에서 아들놈의 거뭇거뭇해진 사타구니를 슬

쩍 보는 거
　내심 궁금하고 흥미로우면서도
　좀 슬픈 일이다

　문득 내 머릿속에는
　왜 이십 수년 전 아버지 숨 놓았을 때 염하는 사이 들
여다본
　형편없이 자줏빛으로 쪼그라든 그것이 떠올랐던 것
일까

　아무래도 아버지와 아들 사이에 엉거주춤 서 있는
　나의 그것 때문일 텐데,
　내 가능성과 한계를 동시에 머금고 있는
　결국은 가련한 그것!(……킥킥)

　　　　　　　　　　　　　　　―「가련한 그것」 부분

오래전에 아버지는 숨을 놓으면서 그늘을 벗었다. 나
는 아버지 그늘을 벗어나 새로운 그늘을 지었다. 다르게
말해서 일가를 이루었다. 이제는 아들 사타구니가 거뭇
거뭇해졌다. 그늘을 드리우기 시작한 거다. "나의 그것
은" "아버지와 아들 사이에 엉거주춤" 서 있다. 내 엉거주

춤한 자세가 "내 가능성과 한계"다. 나는 여전히 그늘을 드리울 수 있지만 내 그늘 아래서 또다른 그늘이 자라고 있었다. 나는 이미 그늘을 이루었으니 어리지 않으며, 아직 그늘을 벗지 않았으니 늙지 않았다. 이것이 한 세대에서 다음 세대로 건네주는 사랑이다. 아들이 수건으로 성급히 제 물건을 가릴 때에, "물방울이 그 끝에서 뚝뚝 듣는 것을 나는 또 본다." 아버지에게서 떨어져나온 물방울에서 내가 생겼고 내가 떨어뜨린 물방울에서 아들이 생겼다. 나는 그 물방울을 이미 여러 번 보았다.

3. 막대기

몸에 돋아난 나무는 슬프다. 늘 구멍을 찾아가기에, 아니 스스로 구멍을 품고 있기에, 그것은 일종의 결여태이며, 그래서 또다른 의미의 구멍이다. 보라, "아궁이에서 굴뚝까지는/입에서 똥구멍까지의/길"과 같다. 그 길을 지나야 "세상의 밑바닥에 닿는다, 겨우."(「굴뚝」)

그러나 지금 굴뚝의 비애는
무너지지 않고 제 자지를 세우고 있다는 거

(…)

저 굴뚝은 사실 무너지기 위해

가까스로 서 있다

삶에 그을린 병든 사내들이

쿵, 하고 바닥에 누워

이 세상의 뒤쪽에서 술상 차리듯이

——「굴뚝」 부분

염할 때 보았던 아버지의 그것처럼 언젠가 무너져내릴
텐데도, 간신히, 안간힘을 쓰며 버티고 있는 굴뚝은 슬프
다. 굴뚝이 쓰러지면, 사내들은 누운 채로, 병풍 뒤에서,
산 자들에게 마지막 술상을 차려준다. "빈집의 굴뚝"은 지
나간 모든 삶을 비워낸 채로 낡아가는, 병든 육신을 제유
한다.

몸에 돋은 육봉(肉棒)은 꺾이기 전까지 그렇게 구멍을
찾아갈 것이다. 그것이 육봉의 운명이며, 그래서 그것은
슬프다.

수족관 속 곰장어는 슬퍼서 몸이 길구나

물속을 얼마나 후려치며 싸돌아다녔기에

이렇게 길쭉해졌다는 말이냐

일생(一生)이란, 대가리부터 꼬리까지

그 길이 몇 뼘 늘리는 일이었구나

—「곰장어 굽는 저녁」 부분

곰장어는 그 생긴 모습 때문에, 일종의 정력제다. 사슴은 모가지가 길어서 슬프지만, 곰장어는 온몸이 길어서 슬프다. 아니, 슬퍼서 몸이 길다. 제 온몸으로 물에 구멍을 내고 다녀야 하는 운명이기 때문이다. 일생을 그 길이만으로 설명해야 하는 삶은 슬프다. 하지만 그 슬픔은 결여의 형식에서 필연적으로 파생된 것이며, 그 결여태에서 충족태로 나아가려는 움직임이 바로 사랑의 움직임이다. 시는 다음과 같이 끝난다.

포장마차 밖에는 눈보라의 긴 꼬리가

세상 속에다 구멍을 내는 저녁

곰장어에서 시작하여 구멍으로 끝나는 것, 그게 무릇 사랑 아닌가?

4. 구멍

시인의 말에 따르면, 그건 참 "거시기"한 일이다.

전주에서 지리산을 가자면 남원 조금 못 미쳐 춘향
터널을 통과해야 한다 나는 컴컴한 이 터널을 다 지나
가고 나면 매번 요상하게도 거시기가 힘이 쪽 빠지데
한 어르신께서 농을 던지자, 으아 춘향터널이 세긴 센
가보네 어쩌고저쩌고 하면서 자신의 거시기를 생각하
는지 모두들 거시기한 표정으로 차창 밖으로 고개를
돌리는데, 일행 중에 누군가 문득, 자기는 춘향터널 입
구에 당도하기만 하면 거시기가 왈칵 묵직해지더라고
너스레를 떨었던 것인데, 그 뒤로 나는 전국 각처 터널
을 드나들 때마다 참 거시기한 생각에 빠져들곤 하는
것이다

―「춘향터널」 전문

구멍에 드나들 때마다 "거시기"가 묵직해지거나 힘이
빠진다. 그건 참 "거시기한 생각"이며, 그런 생각을 하는
이들은 다들 "거시기한 표정"을 짓는다. "거시기"는 본래
말을 하면서 무엇인가 얼른 떠오르지 않을 때에 쓰는 말

이다. 다들 알고 있으면서 눙치고 있으니, 구멍을 관통하는 움직임이 모든 사랑에 고유한 은근한 동력(動力)임을 알겠다. "거시기"는 말로 지칭하기 어려운 대상을 입에 올릴 때에도 쓰는 말이다. 몸("자신의 거시기")에서 마음("거시기한 생각")까지 거시기로 포괄했으니, 구멍을 찾아가는 운명이 모든 삶에 편재(遍在)한 운명임을 알겠다.

우리가 먹고사는 일에도 그런 에로스가 숨어 있다.

거 왜 있잖아, 앵두의 입술에 내 입술이 닿을 때,

앵두알을 깨물어서 입안에서 환하게 토도독 터져서는 물기 번질 때,

하루 내내 먹어도 배가 부르지 않을 것 같은 그런 때,

장차 내 인생이나 네 인생에 쉽사리 잘 오지 않을 것 같은 그런 때,

앵두를 먹을 때,

툇마루 끝에 앉아
앵두를 먹었지
앵두씨를 툿, 툿, 툿, 뱉어가며 먹었지
그런데 있잖아, 앵두씨에도 혀가 있다는 말 들어봤나?

하나도 아니고 둘도 아니고
혀끝으로 발라 우리가 마당에다 내뱉은 만큼
앵두씨가 자기를 밀어올리는 것 봤나?
지금 앵두의 혀가
날름날름 연초록 바람을 골라 먹고 있다니까!

──「앵두의 혀」 부분

이 시의 앵두는 '앵두 같은 입술'을 말할 때의 그 앵두
다. 그래서 앵두를 입에 댈 때가 바로 "앵두의 입술에 내
입술이 닿을 때"다. 우리가 아무리 앵두를 "입에 우겨넣
어도 볼이 불룩해지지 않는 것은/앵두알을 씹는 사이,
그 어느 틈에/씨앗을 발라 뱉는 기막힌 혀가 있기 때문"
이다. 이것이 감미로운 입맞춤을 말하는 게 아니고 무엇
이겠는가? 이 순간이 바로, 환하게 물기가 번지는 순간이
며 먹지 않아도 배부른 순간이며 우리네 삶에서 가장 행
복한 순간이다. "음, 하고 입을 꼭 다문 복숭아를/아, 하
고 입을 벌려 깨물었는데/갑자기 내 입 속의 마른논으로
/물 들어오네."(「복숭아」) 마른논을 채우는 물의 사랑이
우리에게 먹히는 것들이 우리에게 주는 사랑이다. 우리
가 앵두씨를 뱉으면("툿, 툿, 툿"은 내가 앉아 있는 "툇마
루"의 "툇"과 관련되어 있으며, 입을 맞출 때의 동그랗게

118

오므린 입술 모양과도 관련되어 있다), 앵두가 마당에서 혀를 내민다. 무릇 살아 있는 것은 모두들 그렇게 사랑을 주고받는 것이다.

그걸 막으면 삶은 고이고 썩는다. "바다의 입이 강이라는 거 모르나/강의 똥구멍이 바다 쪽으로 나 있다는 거 모르나/입에서 똥구멍까지/왜 막느냐고 왜가리가 운다/꼬들꼬들 말라가며 꼬막이 운다."(「왜가리와 꼬막이 운다」) 새만금에서, 강은 엉덩이를 바다에 대고 부유물을 싸놓는다. 바다는 입을 강에 대고 그것들을 받아먹는다. 갯벌은 화장실이자 식당이어서, 오염물질을 거르는 탁월한 정화시설이다. 왜가리와 꼬막의 울음은 삶의 자연스런 순환을 가로막는 저 무서운 인위(人爲)에 대한 비탄을 보여준다.

5. 옆모습

안도현에 따르면 사랑은 옆에 서는 것이다. 옆에 서서, 서로에게 간격을 허락하거나 들고나는 것이다.

나무는 나무하고 서로 마주보지 않으며

등 돌리고 밤새 우는 법도 없다
나무는 사랑하면 그냥,
옆모습만 보여준다

옆모습이란 말, 얼마나 좋아
옆모습, 옆모습, 자꾸 말하다보면
옆구리가 시큰거리잖아

앞모습과 뒷모습이
그렇게 반반씩
들어앉아 있는 거

—「옆모습」 부분

그늘이 빛과 어둠을 반반씩 섞은 것이듯, 옆모습은 앞
모습과 뒷모습을 반반씩 포개놓은 것이다. 우리가 보는
나무는 늘 옆모습이다, 이 발견은 무척 아름답다. 옆모습
은 우리에게 사이를 허락한다. 함께 나란히 서는 것, 그
게 사랑의 본래 형식이다. 사랑하는 이가 내 옆에 있을
때 나는 옆구리가 시큰거린다. 다르게 말해서 나는 그에
게 떼어준 갈비뼈를 느낀다(갈비뼈를 뜻하는 수메르어
'닌'(Nin)은 본래 생명을 만든다는 뜻이다). 그 사람은

나의 일부였다. 나는 그 사람과의 간격을 수락해야 하는
슬픔과, 건너뛰고 싶은 열망을 동시에 가진 채, 그저 서
있다. 마주하지도 않고 등을 돌리지도 않은 채, 바로 옆
에서, 나무의 형상으로 말이다. 그게 우리가 '함께'라는
말로 지칭하는 형상이다. 이를테면, "누군가를 사랑하려
면 같이 울어주어야 한다는 것."(「돌의 울음」)

  어머니가 내게 자꾸 술을 권하던 것도 그 옆모습이 안
쓰러워서였을 것이다.

  지나가다 허기를 자장면 냄새한테 그대로 들켜버린
건 시골 중국집 앞에서였다 우리 일행은 목단인 듯 작
약인 듯 사방연속 꽃무늬 벽지로 도배한 내실로 들어
갔다

  40대 후반쯤 되어 보이는 여주인은 혼자서 오차도
따르고 주문도 받고 단무지도 양파도 내왔는데, 그릇
에 그득히 담겨온 뜨끈한 자장면을 허겁지겁 먹다가
나는 어쩌다가 자개장롱 위에 일렬횡대로 도열해 있는
술병들을 보게 되었다

  인삼주 다래주 더덕주에다 그밖에 이름도 모를 열매

로 담근 술이 예닐곱 술병마다 가득하였는데, 그 우러날 대로 우러난 슬픔 같은 게 발그스레할 대로 발그스레해 진 것을 보면서 나는 문득 싸하게 목이 메어왔는데,

그 까닭은 장롱 맞은편 벽에 넥타이를 매고 벌써 다른 데로 가기에는 누가 봐도 좀 이르다 싶게 안쓰러운 중년 남자의 흑백 영정 사진 하나가 삐뚜름히 유리 액자 속에 박혀 있었기 때문이었다

그 남자 술을 좋아했던 것일까 생전에도 저렇게 천연덕스런 목숨의 빛깔이 우러나온 담근 술을 물끄러미 바라보는 일을 사랑했던 것일까 밀가루 반죽을 탕탕 치고 면발을 흔들다가 그 남자 어느날 어떻게 미련 없이 등을 보인 것일까 그 남자 생각이 툭툭 입가에서 이어지다 끊어지다 하는 것이었다

그랬다 혼자된 어머니가 아들에게 자꾸만 담근 술을 권하던 날들은 서러웠다 나는 한번도 어머니의 남편이 되어주지 못하였고, 거 참 술이 다네 한잔만 더 해야지, 흐뭇하게 잔을 내밀지 못하였고, 모로 누워 자는 척하며 귀찮은 듯 손사래를 치기만 하던 날들이 있었다

—「시골 중국집」 전문

　술병들이 나란히 늘어선 형상 역시 사랑의 옆모습을
보여주는 것이다. 나란히 선 술병들은 곱게 익어갔지만,
사내는 살아생전에 그 술들을 다 즐기지 못했다. 게다가
그는 어느날 "미련 없이 등을" 돌리고 사진 속으로 걸어
들어갔다. 사내나 "혼자 된 어머니"는 사랑하는 사람과
저 술병들처럼 나란히 서지 못했다. 남아 있는 익은 술들
은 그렇게, 생전에 못다 한 사랑을 증거하고 있는 것이
다. "우러날 대로 우러난 슬픔"이 거기에 있었던 것이다.

　6. 모퉁이

　안도현의 시에서는 빽빽한 것이 아니라 성근 것, 가득
찬 것이 아니라 비어 있는 것, 번쩍이거나 캄캄한 것이
아니라 그늘을 드리운 것, 구멍을 찾는 막대기들, 나란히
선 것들이 다 사랑의 아이콘이다. 삶과 사랑의 정교한 착
란(錯亂)이 낳은 마지막 아이콘은 모퉁이다. 그것은 그저
넓은 것, 휑하니 뚫린 것, 쭉쭉 뻗어 있는 것들 사이에 끼
어들어, 그것들에 숨구멍을 만들어놓는다.

모퉁이가 없다면
그리운 게 뭐가 있겠어
비행기 활주로, 고속도로, 그리고 모든 막대기들과
모퉁이 없는 남자들만 있다면
뭐가 그립기나 하겠어

모퉁이가 없다면
계집애들의 고무줄 끊고 숨을 일도 없었겠지
　빨간 사과처럼 팔딱이는 심장을 쓸어내릴 일도 없었
을 테고
　하굣길에 그 계집애네 집을 힐끔거리며 바라볼 일도
없었겠지

　인생이 운동장처럼 막막했을 거야

모퉁이가 없다면
자전거 핸들을 어떻게 멋지게 꺾었겠어
너하고 어떻게 담벼락에서 키스할 수 있었겠어
예비군 훈련 가서 어떻게 맘대로 오줌을 내갈겼겠어
먼 훗날, 내가 너를 배반해볼 꿈을 꾸기나 하겠어

모퉁이가 없다면 말이야

골목이 아냐 그리움이 모퉁이를 만든 거야
남자가 아냐 여자들이 모퉁이를 만든 거지

——「모퉁이」 전문

모퉁이는 두 가지 뜻을 품었다. 구부러지거나 꺾여 돌아간 자리가 첫번째 모퉁이라면, 변두리나 구석진 곳이 두번째 모퉁이다. "계집애들의 고무줄"을 끊고 달아나는 곳, "하굣길에 그 계집애네 집을" 숨어서 엿보는 곳, "자전거 핸들을" 꺾어야 하는 곳이 튀어나온 모퉁이라면, 이슥하게 키스를 나누는 곳, 몰래 오줌을 누는 곳, 널 배반할 꿈을 꾸는 곳은 움푹 들어간 모퉁이다. 그것과 대척을 이루는 것이 "비행기 활주로, 고속도로, 그리고 모든 막대기들"과 남자들이다. 쭉쭉 뻗어 있는 것들이거나, 그렇게 뻗은 것들을 몸에 붙이고 다니는 사람들 말이다. 세상이 그것들뿐이었다면, 삶은 "운동장처럼 막막했을" 것이다. 사랑은 은밀한 것이며, 숨어서 그리워하는 것이며, 다른 걸 꿈꾸는 것이다. 모퉁이가 정확히 그렇다.

모퉁이는 골목마다 있지만 정작 모퉁이를 만든 것은 그 골목에 붙여둔 우리의 그리움이며, 모퉁이에 숨은 이는 남자지만 정작 모퉁이에 남자를 숨겨준 이는 여자다.
다음 시가 형상화하는 것도 모퉁이다.

풀숲에 호박이 눌러앉아 살다 간 자리같이
그 자리에 둥그렇게 모여든 물기같이
거기에다 제 얼굴을 가만히 대보는 낮달과도 같이
—「적막」 전문

제목이 적막인 것은 이 풍경에 잡스러운 소음이 섞이
지 않아서만이 아니다. 이 풍경은 그 자체로 자족적이어
서, 여기에 더이상 덧붙일 말이 없기 때문이다. 호박과
낮달에 여자와 남자를 이입할 필요도 없고 물기에 그리
움이란 이름을 붙일 필요도 없다. 이 움푹 들어간 모퉁이
때문에 낮에도 달이 떠올랐다('달이 뜨다'와 '달뜨다'란
말은 혹시 같은 부모를 가진 게 아닐까?).

7. 자전거처럼……

사랑의 논리로 안도현의 시를 읽었다. 시인이 사이, 그
늘, 구멍, 모퉁이를 든 것은 그 빈 자리에 사랑이 흘러들

기 때문이다. 그것이 평탄하거나 쭉 뻗어 있었다면, 그래서 아무 고일 곳이 없었다면 "인생이 운동장처럼 막막했을" 것이다. 옆모습은 그렇게 사이와 그늘과 구멍과 모퉁이를 허락한 이들의 자세이며, 막대기는 그것들을 찾아가는 삶의 운명이다.

한편의 시를 더 인용하고 글을 마쳐야겠다. 자전거에는 그 모든 사랑의 아이콘을 제 몸에 새긴 사람의 모습이, 어쩌면 시인의 자화상이 숨어 있다.

나중에 다시 태어나면
나 자전거가 되리
한평생 왼쪽과 오른쪽 어느 한쪽으로 기우뚱거리지
않고
말랑말랑한 맨발로 땅을 만져보리
구부러진 길은 반듯하게 펴고, 반듯한 길은 구부리
기도 하면서
이 세상의 모든 모퉁이, 움푹 파인 구덩이, 모난 돌멩
이들
내 두 바퀴에 감아 기억하리
가위가 광목천을 가르듯이 바람을 가르겠지만
바람을 찢어발기진 않으리

나 어느날은 구름이 머문 곳의 주소를 물으러 가고
또 어느날은 잃어버린 달의 반지를 찾으러 가기도
하리
페달을 밟는 발바닥은 촉촉해지고 발목은 굵어지고
종아리는 딴딴해지리
게을러지고 싶으면 체인을 몰래 스르르 풀고
페달을 헛돌게도 하리
굴러가는 시간보다 담벼락에 어깨를 기대고
바큇살로 햇살이나 하릴없이 돌리는 날이 많을수록
좋으리
그러다가 천천히 언덕 위 옛 애인의 집도 찾아가리
언덕이 가팔라 삼십년이 더 걸렸다고 농을 쳐도 그
녀는 웃으리
돌아가는 내리막길에서는 뒷짐 지고 휘파람을 휘휘
불리
죽어도 사랑했었다는 말은 하지 않으리
나중에 다시 태어나면

—「나중에 다시 태어나면」 전문

나도 왼쪽과 오른쪽을 반반씩 섞어 균형을 잡는 사람,
세상의 모든 모퉁이와 구멍을 기억하는 사람, 천천히 햇살을 돌리며 그늘을 만드는 사람이 되고 싶다. 천천히 헛 돌며 세월을 보낸다 해도, 옛 애인에게 "죽어도 사랑했었 다는 말은 하지" 않으리라. 삶과 사랑이 다른 말이 아니 므로. 살아 있으므로, 그리고 지금도 사랑하고 있으므로.

權赫雄 | 시인·문학평론가

시인의 말

여덟번째 시집인데, 과적의 중량이 버겁다. 생의 무거움으로부터 벗어나려고 하다가 또 등에 팔만 근의 짐이 하나 얹힌 꼴이다. 언제쯤 바닥에 아무렇지도 않게 시를 내려놓을 수 있을까. 시에 갇힌 나무와 꽃과 새를 풀어줄 수 있을까. 언제쯤이나 나를 정면에서 배반할 수 있을까.

여기 묶은 시편들은 참으로 게으르게, 그러나 실은 어떤 간절함의 심장에 슬쩍 가닿기를 속으로 바라면서 쓴 것들이다. 그러니 빈둥거리면서, 징징거리면서, 히득히득 웃으면서, 그냥 멍하게 하늘을 바라보다가 읽어주었으면 좋겠다.

시인은 보이지 않는 것을 보이게 하고, 들리지 않는 것을 들리게 하는 자라고 가끔 생각한다. 그 일이 비록 헛것이라 해도 괜찮다. 소리로 그물을 짜는 이 작업이야말로 헛것에 복무하는 일이므로.

2004년 9월

안도현

창비시선 239

너에게 가려고 강을 만들었다

초판 1쇄 발행 / 2004년 9월 15일
초판 26쇄 발행 / 2024년 4월 15일

지은이 / 안도현
펴낸이 / 염종선
편집 / 고형렬 김정혜 문경미 안병률 김현숙
미술·조판 / 윤종윤 정효진 신혜원 한충현
펴낸곳 / (주)창비
등록 / 1986년 8월 5일 제85호
주소 / 10881 경기도 파주시 회동길 184
전화 / 031-955-3333
팩시밀리 / 영업 031-955-3399 편집 031-955-3400
홈페이지 / www.changbi.com
전자우편 / lit@changbi.com

ⓒ 안도현 2004
ISBN 978-89-364-2239-4 03810